¡BUSCANDO A UN AMIGO!

Vi Steffen • Mo Martindale

Traducido por Barbara Pomey

Proctor Publications, LLC

Proctor Publications, LLC
P.O. Box 2498, Ann Arbor, Michigan 48106, USA
800-343-3034
www.proctorpublications.com

LCCN 2002105433.
ISBN 1-928623-19-0

Printed in Canada

¡Dedicado
a todos
los niños del mundo,
aún a
LOS MAYORES!

Vi y Mo

Era un dia, un dia caliente y soleado,
cuando un gusanito rosado se meneó afuera para jugar.

Serpeando de su hogar en el bajo oscuro y mojado,
empezó la busqueda de un amigo con quien podría jugar.

Como andaba buscando, dijo a todos,
"Yo soy Bilbeante el gusano serpenteante y he venido a jugar."

Como Bilbeante seguía buscando, no podía ver a nadie, pero no quería volver a su hoyo pequeñito.

"Yo sé por seguro que en este mundo hay muchas criaturas, que quieren jugar."

Bilbeante contentamente cantaba, "Este es un día alegre."

Como Bilbeante andaba serpenteando,
¡vio un bichito, negro y brillante!

"Yo soy Bilbeante, el gusano serpenteante. ¿Quién eres tú?
¿Quisieras jugar conmigo?

"¿Yo? Yo soy Quicho el bicho.
Yo toco la guitarra con un conjunto.

Nuestra musica rock es superlativa.
¡Es muy padre y al público le encanta la música!
¿A ti no te gusta? ¿Te hace mover incómodamente?

Pues yo no juego con un tío tan desagradable.
Es claro que tú no eres muy padre."

Y Bilbeante continuó.

Como Bilbeante seguía moviéndose con un ojo atento,
el oyó, frufrú ... frufrú ... frufrú arriba en el cielo.

"Yo soy Bilbeante el gusano serpenteante. ¿Quién eres tú?
Espero que quieras jugar."

"Yo soy Angelita la, libélula.

Parece que siempre vuelo.
Soy más rápida que el pestañeo del ojo.
Si yo pudiera, me quedaría a jugar.
Pero no puedo, por eso me voy.
Se hace tarde. Casi es la noche.
Es la hora de mi próximo vuelo.
Hasta la vista.
Salgo para el aeropuerto más cercano."

Bilbeante siguió buscando a un compañero de juego.

¡Oye, mírala, una criatura manchada en un sombrero rojo!
"Yo soy Bilbeante, el gusano serpenteante.
¿Quieres jugar? ¿Quién eres tú?

"Yo soy Barbarita, la mariquita.

Yo soy melindrosa, mi actitud es recta.
Nunca jugaría yo con un gusano despreciable.
Además, yo soy vigilante de los ataques de otros bichos.
No me molestes ... vete ahorita."
Pues, ella es altiva, aún engreída.
Voy a buscar a un amigo en otras partes.

Oye, ese tío parece que está jugando.

"Hola, yo soy Bilbeante el gusano serpenteante.
"¿Cuál es tu nombre?
¿Me permites jugar contigo?"

"Me llamo General Sortiga la fuerte hormiga.

¿No puedes ver? Estoy ocupado, muy ocupado.
No tengo tiempo para juegos ni canciones.
Hay que trabajar, trabajar y siempre trabajar.
No puedo parar, sino trabajar.
Necesito acabar este hormiguero.

¡Hasta luego, gusanito!"

He buscado y buscado, sin mucha suerte.
¡Ah! Hay algo con un número en su espalda.
"Hola, amigo. Yo soy Bilbeante el gusano serpenteante.
¿Te gustaría jugar?
¿Qué tipo de criatura eres?"

"¿Criatura? ¿No puedes ver que no soy bicho?
Yo soy Potosa la lenta babosa.
¿Soy rápida?... ¡No! ¿Mucha velocidad?... ¡No!
Pero puedes ver que soy lisa como el jabón.
Soy muy lenta a menos que vea comida.
Yo como hojas dulces toda la noche,
dejando un sendero lustroso y cantando alegremente.
¡Tengo que irme ... nos vemos?"

He buscado aquí, he buscado alla.

¡Oye ... hay un hombre que parece muy astuto.
"Yo soy Bilbeante el gusano serpenteante.
¿Quién eres tú? ¿Quieres jugar?"

"Yo soy Chito, el mosquito;
un bandido con un bocado afilado.
Mi mordedura hace daño y la picazón sigue siguiendo.
Pica, pica, pica.
Simplemente no te gustaría estar cerca de mi.
¿Jugar contigo?...Creo que no.
Hasta la vista, mi gusanito."

¿Qué hará ...arriba en el cielo?

"Oye, yo soy Bilbeante el gusano serpenteante.
¿Cuál es tu nombre?
¿Quieres jugar y divertirte?"

"Yo soy Tosca, la molestosa mosca y me encanta el pastel.
¡Mira! Hay uno enfrente de la ventana.
Vuelo allá y me lo como.
No importa si vuelo altísimo, sigo mirando ese pastel.
Por supuesto no puedo dilatarme.
Es preciso volar.
Hay otro y otro rico pastel.

... ¡Chau!"

¡Ay, no, pense que buscar a un amigo me cansaría tanto!
Pienso sentarme un rato
al lado de una flor bonita.

BZZZZZZ! BZZZZZZ!

"Sal de mi flor, ahorita.
Yo soy Pugriega la pura abeja.
Estas flores son mias.
Tú eres gusano, nada más," zumbó Pugriego.
"¡Vete, vete sin coger ninguna flor!"
"¡Uau! ¡Qué malhumorada es!
Y yo creia que las abejas eran dulces como miel."

Supongo que tengo que seguir buscando.

¿Qué es ése en la hierba alta?
"Hola, 'cosa verde.' ¿Quién eres tú?
¿Quieres jugar conmigo?"

"Yo soy Vacontes, el gran saltamontes.
Lo siento, pero hay mucho que hacer,
muchas, cosas a masticar.
Estoy ocupado comiendo,
la cosecha del granjero, y no quiero parar.
Tengo que irme ... saltando, saltando.
No hay tiempo para jugar."

Y Bilbeante lo siguió mirando,
haciéndose más chico y más chico en la distancia.

Bilbeante respiró. Buscaré de nuevo, pero se hace tarde.

"Saludos, yo soy Bilbeante el gusano serpenteante.
¡Qué largas son las piernas. ¿Quién eres tú?
¿Tienes tiempo para jugar?"

"Yo soy Susana, la araña,
y si tengo piernas largas.
Soy negra y peluda.
Algunas personas me temen mucho.
Mis hijos necesitan una cama cómoda,
y estoy tejienda una grande de seda pura.
Será exquisita y suave, y la escondere en un rincón alto.

No puedo jugar contigo.
Necesitas salir para que yo teja."

¡Ay, mira! ¡Ojalá sea un amiguito!

"Hola, yo soy Bilbeante el gusano serpenteante.
¿Quién eres, chiquito?
¿Quieres jugar?"

"¿Me llamaste? Me llamo Hermuga la pulga.
Me gusta saltar y picar. Saltar y picar.
Y cuando pico, dejo una hinchazón.
Siempre busco una comida sabrosa:
un perro manchado o un gato gordito.
No te preocupes, gusano. No te pico. Tienes suerte.
Serpenteas demasiado y no me gusta el sabor de gusanos."

Bilbeante respiró y continuó arrastrandose.

13

¡Oye, mira! Una cola silverada. La sigo.
"Hola. ¿Qué tal si jugamos?
Yo soy Bilbeante el gusano serpenteante.
¿Qué eres tú? ¿Qué es eso en tu espalda?"

"Yo soy Dante el caracól ambulante.
Y yo dejé la cola silverada.
Bueno, no me gusta para nada estar solo.
Por eso, dondequiera que yo vaya, llevo mi casa.
Lo siento, no puedo jugar. Tengo una carga.
Llevo mi casa y me voy."

Bilbeante siguió su busca.

¡Arre! ¡Qué bonito es eso!
"Hola. Yo soy Bilbeante el gusano serpenteante.
Favor de dejar de pasar rapidamente y jugar conmigo.
¿Quién eres tú?"

"Yo soy Rosa la mariposa.
¿No soy bonita pasando por
el aire tan agraciadamente?
Yo soy demasiado linda para jugar contigo ...
una cosa que se arrastra cubierta con limo.

Tengo que irme con alas de colores. ¡Chau!"

He buscado por todas partes, cerca y lejos,
Tratando de hallar a un compañero de juegos.
Supongo que tendré que ceder y entrar
en mi hoyo vacío de nuevo.

"Yo soy Petruga, la oruga.
He tenido problemas en hallar
a un amigo, tambén.
Me gustaría mucho jugar contigo.
¡Ay, gracias alcielo!" dijo Petruga.
"Sí, sí, muchas gracias alcielo!"
dijo Bilbeante.

¡JUGUEMOS!

"Ya podemos jugar.

Nos divertiremos mucho."

"Nosotros dos queríamos a un compañero de juegos,

y por fin nos hemos hallado el uno al otro!"

Por eso Bilbeante el gusano rosado
y Petruga la oruga vellosa se hicieron
compañeros de juegos y mejores amigos

DE MIS MEJORES AMIGOS: Vi, Mo y Barbara

Vi Steffen escribió su cuento deleitoso de mí, un gusano rosado y serpenteante llamado Bilbeante, hace más de 37 años. En realidad, empezó como un cuento que Tía Vi relató a un picnic familiar - creándolo mientras relatándolo. "Sólo yo comencé de nada y los chicos fueron fascinados. Yo di al cuento un fin alegre - Bilbeante encuentra con una compañera de juegos, Petruga la oruga y se hacen amigos por siempre y siempre." El cuento original sólo tenía, pocos carácteres que yo conocí mientras buscando a un amigo, pero encuentro con 15 en este nuevo libro. A Vi le parece que este libro les interesará a los niños hasta la edad de 7. Yo creo que será leído y amado por los niños de todas las edadea y esos niños lo guardarán para compartirlo con sus propios hijos. Aunque Vi y Mo impresionaron unos libros espírales que les vendieron a sus amigos y a sus veciños, las bibliotecas y las escuelas han expresado un deseo tener Buscando A Un Amigo en los estantes. Mi editor siente que pronto este libro estará en las estantes por el país y los niños estarán colgando los posteres de mí en los paredes de los dormitorios. Vi Steffen vivo en West Linn, Oregon, con su mejor admirante, su esposo Bob.

Mo Martindale sabe exactamente coma parezco. El es ilustrador de los libros para niños del talento extraordinario. Es un artista gráfico jubilado quien disfrutó las resultas de su Estudio de Arte en Portland, Oregon, por 40 años. Aststió las clases de artes finas a la Universidad de Oregon y aprendió a caricaturizar a las escuelas locales de arte antes de alistar en la Armada durante la Segunda Guerra Mundial. Pasó los próximos 6 años diseñando caricaturas y mascotas para los escuadrones en su buque, además ilustrando el periódico del buque. Se enseño sus únicas habilidades gráficas en au mayor parte. El vive en Gladstone, Oregon con Mary Jane, su esposa de 60 años. Les entretenía a sus dos hijos con sus arte y caricaturas y ya les cautiva a sus dos nietos. Anticipa ilstrar más libros para niños. Buscando A Un Amigo es al primer libro para niños contratado con mí editor. Otros libros vienen. El dibuja mâs amigos míos para libros que serán impresionado muy pronto.

Barbara Pomey ha vijado extensamente por México y España después de martricular en español a la Universidad de Michigan. Ella les ha eseádo español a los jóvenes desde 1967 y ha viajado con estudiantes a los paises hispanohablantes. Además, Barbara les ha enseñado a los mayores por Tech World y la compañia Ford Motor. Barb y su marido, George, tienen tres hijos y tres nietos, y también una ahijada en Nicaragua por Nuestros Pequeños Hernianos.